LE SYSTÈME SOLAIRE

Carmen Bredeson

Texte français de Claude Cossette

Éditions
■SCHOLASTIC

Conception graphique : Herman Adler Design
Recherche de photos : Caroline Anderson
Sur la photo de la couverture, on voit le système solaire.

Catalogage avant publication de la
Bibliothèque nationale du Canada
Bredeson, Carmen
Le système solaire / Carmen Bredeson;
texte français de Claude Cossette.
(Apprentis lecteurs. Sciences)
Traduction de : The Solar System.
Pour les 5-8 ans.
Comprend un index.
ISBN-13 978-0-439-95836-3
ISBN-10 0-439-95836-9
1. Système solaire--Ouvrages pour la jeunesse.
I. Cossette, Claude II. Titre. III. Collection.
QB501.3.B7414 2005   j523.2   C2004-906947-0

Édition publiée par les Éditions Scholastic, 604, rue King Ouest, Toronto (Ontario) M5V 1E1.
7 6 5 4 3   Imprimé au Canada   07 08 09 10 11

Savais-tu que notre gros Soleil
tout brillant a une famille?
Sa famille s'appelle le système
solaire.

4

Les planètes et leurs lunes
voyagent autour du Soleil,
tout comme les astéroïdes,
les météoroïdes et les comètes.
Ils font tous partie du système
solaire.

Les astéroïdes et les
météoroïdes sont des roches
spatiales. Certains astéroïdes
sont aussi gros qu'une
montagne.

Les météoroïdes sont plus petits
que les astéroïdes. Ils peuvent
être aussi minuscules qu'un
grain de sable.

Astéroïde

Une comète est comme
une grosse boule de neige
avec une roche au milieu.

Les comètes commencent à
fondre quand elles s'approchent
du Soleil. Une comète qui fond
a une longue queue.

Les planètes forment une partie importante du système solaire. Neuf planètes font le tour du Soleil.

11

Mercure

Vénus

Terre

Mars

12

Les quatre planètes les plus proches du Soleil sont appelées les planètes rocheuses. Les planètes Mercure, Vénus, Terre et Mars sont faites de roche.

Mars est la planète rouge.
Le fer contenu dans le sol
de Mars lui donne sa couleur
rouge. De nombreuses sondes
spatiales ont visité Mars.

Jupiter

Saturne

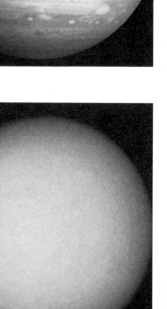

Uranus

Neptune

Les quatre planètes suivantes
sont appelées les géantes
gazeuses. Les planètes Jupiter,
Saturne, Uranus et Neptune
sont faites de gaz.

Tu ne pourrais pas te tenir
debout sur ces planètes.
Ce serait comme essayer
de marcher sur un nuage.

La planète Saturne est entourée
de magnifiques anneaux,
qui sont faits de morceaux de
glace. Certains de ces morceaux
sont aussi gros qu'une maison!

Dans le système solaire,
la planète la plus éloignée que
nous connaissons est Pluton.
Elle est plus petite que notre
Lune et solide comme les
planètes rocheuses.

Certains astronomes pensent
que Pluton est trop petite pour
être une planète.

Il y a beaucoup de lunes dans le système solaire. La plupart des planètes ont au moins une lune. Seules les planètes Mercure et Vénus n'en ont aucune.

Lunes de Saturne

La Terre a une lune.

Jupiter a trente-neuf lunes!

Sur la Terre, nous avons de l'air
pour respirer et de l'eau à boire.
Des plantes poussent sous
les chauds rayons du soleil.
La Terre est parfaite pour tout
ce qui est vivant.

La nuit, le ciel est rempli d'étoiles. La plupart des lumières sont des étoiles comme notre Soleil. Certaines de ces étoiles ont des planètes.

Est-ce qu'il pourrait y avoir une autre planète comme la Terre?

Les mots que tu connais

astéroïde

comète

lunes

planètes

système solaire

sonde spatiale

Index

Crédits-photos